KB091854

구름 정류장

유영서 제3시집

시음사
시사랑음악사랑

시낭송을 감상할 수 있습니다

 본문
시낭송
감상하기

 제목 : 북소리
시낭송 : 박영애

 제목 : 거울 앞에서
시낭송 : 박영애

 제목 : 한 해가 저물며
시낭송 : 박영애

 제목 : 군고구마
시낭송 : 박영애

 제목 : 아내의 생일
시낭송 : 박영애

제목 : 삶
시낭송 : 박영애

 제목 : 초대장
시낭송 : 박영애

 제목 : 습지엔 바람만 불고
시낭송 : 박영애

 제목 : 이밥꽃
시낭송 : 박영애

 제목 : 오월로 가는 들녘
시낭송 : 박영애

 제목 : 동짓날 밤
시낭송 : 박영애

 제목 : 뙤약볕과 어머니
시낭송 : 박영애

 본문 시낭송
전체 감상하기

시인은 자연을 이야기하고 시낭송가는 자연을 품었다
글자는 날개를 달아 언어로 날고 소리는 자연에 눕는다

시인의 말

구름 정류장에서 만난
들꽃의 마음이랄까

구름 버스 타고 가다
되돌아가는

마음속 그리움을
단칼에 끊어내지 못하고

사랑처럼
지독히도 아픈

시라는 낱말을
풀어쓰려 다시 갑니다

2022년 유월에
시인 유영서

* 목차

1. 삶에서 소리 지르다

북소리 9
내 귓속 공작소 10
네 이름 뭐니 11
불면증 12
꽃반지 13
나에게도 쉼표를 14
알 수 없는 길 15
무죄 16
시밥 17
희망 18
사랑은 19
콩 20
안부 전화 21
거울 앞에서 22
출근길 23
찻잔 기울이다가 24
허한 마음 25
첫날 26
한 해가 저물며 27
그리운 것들 28
마음아 29
문상 길에서 30
저 마음 어쩌나 31
군고구마 32
화두 33
아직은요 34
징검다리 35
가난한 마음 36
피서 가는 길 37
공원 길을 걷다가 38
주운 낱말 39

* 목차

고백 ⋯⋯⋯⋯⋯⋯⋯⋯⋯⋯⋯⋯⋯⋯⋯⋯⋯⋯⋯ 40
우산 ⋯⋯⋯⋯⋯⋯⋯⋯⋯⋯⋯⋯⋯⋯⋯⋯⋯⋯⋯⋯ 41
아내의 생일 ⋯⋯⋯⋯⋯⋯⋯⋯⋯⋯⋯⋯⋯⋯⋯⋯ 42
고운 꿈 ⋯⋯⋯⋯⋯⋯⋯⋯⋯⋯⋯⋯⋯⋯⋯⋯⋯⋯ 43
추억 한 컷 ⋯⋯⋯⋯⋯⋯⋯⋯⋯⋯⋯⋯⋯⋯⋯⋯ 44
삶 ⋯⋯⋯⋯⋯⋯⋯⋯⋯⋯⋯⋯⋯⋯⋯⋯⋯⋯⋯⋯⋯⋯ 45
상처 ⋯⋯⋯⋯⋯⋯⋯⋯⋯⋯⋯⋯⋯⋯⋯⋯⋯⋯⋯⋯ 46
발자국 ⋯⋯⋯⋯⋯⋯⋯⋯⋯⋯⋯⋯⋯⋯⋯⋯⋯⋯ 47
기별 ⋯⋯⋯⋯⋯⋯⋯⋯⋯⋯⋯⋯⋯⋯⋯⋯⋯⋯⋯⋯ 48
근황 ⋯⋯⋯⋯⋯⋯⋯⋯⋯⋯⋯⋯⋯⋯⋯⋯⋯⋯⋯⋯ 49

2. 관념 속에서 핀 사색

구름 정류장 ⋯⋯⋯⋯⋯⋯⋯⋯⋯⋯⋯⋯⋯⋯ 51
습지의 아침 ⋯⋯⋯⋯⋯⋯⋯⋯⋯⋯⋯⋯⋯⋯ 52
이상한 낚시 ⋯⋯⋯⋯⋯⋯⋯⋯⋯⋯⋯⋯⋯⋯ 53
종이비행기 날다 ⋯⋯⋯⋯⋯⋯⋯⋯⋯⋯⋯ 54
남쪽엔 지금 ⋯⋯⋯⋯⋯⋯⋯⋯⋯⋯⋯⋯⋯⋯ 55
가위바위보 ⋯⋯⋯⋯⋯⋯⋯⋯⋯⋯⋯⋯⋯⋯ 56
저 바람처럼 ⋯⋯⋯⋯⋯⋯⋯⋯⋯⋯⋯⋯⋯⋯ 57
초대장 ⋯⋯⋯⋯⋯⋯⋯⋯⋯⋯⋯⋯⋯⋯⋯⋯⋯ 58
볕이 참 좋길래 ⋯⋯⋯⋯⋯⋯⋯⋯⋯⋯⋯⋯ 59
안개 ⋯⋯⋯⋯⋯⋯⋯⋯⋯⋯⋯⋯⋯⋯⋯⋯⋯⋯ 60
너랑 함께 ⋯⋯⋯⋯⋯⋯⋯⋯⋯⋯⋯⋯⋯⋯⋯ 61
맑은 날 ⋯⋯⋯⋯⋯⋯⋯⋯⋯⋯⋯⋯⋯⋯⋯⋯ 62
못다 쓴 시 ⋯⋯⋯⋯⋯⋯⋯⋯⋯⋯⋯⋯⋯⋯ 63
돌아오는 길 ⋯⋯⋯⋯⋯⋯⋯⋯⋯⋯⋯⋯⋯⋯ 64
습지엔 바람만 불고 ⋯⋯⋯⋯⋯⋯⋯⋯ 65
어쩐대요 ⋯⋯⋯⋯⋯⋯⋯⋯⋯⋯⋯⋯⋯⋯⋯ 66
명상 ⋯⋯⋯⋯⋯⋯⋯⋯⋯⋯⋯⋯⋯⋯⋯⋯⋯⋯ 67
개미 ⋯⋯⋯⋯⋯⋯⋯⋯⋯⋯⋯⋯⋯⋯⋯⋯⋯⋯ 68
나무 ⋯⋯⋯⋯⋯⋯⋯⋯⋯⋯⋯⋯⋯⋯⋯⋯⋯⋯ 69

* 목차

바다는 안다...............................70

숲속의 아리아...........................71

비의 노래.................................72

그때 그 자리.............................73

우는 새....................................74

대지의 함성.............................75

달팽이.....................................76

팻말..77

개화..78

빨래가 되고 싶은 날..................79

그리운 날엔.............................80

그대 잘 있는지요......................81

이리 살고 싶습니다...................82

3. 꽃은 피는 것이 아니다

장미 정원에서..........................84

애기똥풀.................................85

수련화.....................................86

찔레꽃.....................................87

오월의 장미.............................88

이밥꽃.....................................89

수선화.....................................90

영산홍.....................................91

민들레 사랑.............................92

자목련.....................................93

명자야.....................................94

아기꽃.....................................95

안개꽃.....................................96

가시 위에 핀 꽃........................97

가을 민들레.............................98

* 목차

4. 세월 속에서 늙다

봄으로 쓴 편지.....................100

봄봄봄.....................101

유혹하는 봄.....................102

오월의 시.....................103

사월의 편지.....................104

오월로 가는 들녘.....................105

진눈깨비.....................106

완벽한 봄.....................107

꽃샘추위.....................108

겨울도 간다.....................109

유년의 겨울.....................110

동짓날 밤.....................111

겨울 들녘에서.....................112

십이월에 서서.....................113

겨울 가로수.....................114

삭제하는 겨울.....................115

시월 보내며.....................116

올겨울엔.....................117

받아쓴 가을.....................118

황혼 그리고 가을.....................119

행복한 가을.....................120

가을 사색.....................121

물든 마음.....................122

뙤약볕과 어머니.....................123

푸르게 살라 하네.....................124

못다 쓴 편지.....................125

가을 여행.....................126

단풍 물들면.....................127

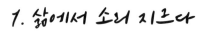

1. 삶에서 소리 지르다

북소리

아버지는 북을 치셨죠
어머니는 더운 손 내어주시고요
험난한 가시밭길
헐벗고 굶주릴세라
비바람에
다치고 넘어질세라
아름다운 이 강산에
둥둥 둥둥둥
어린 것들이 자라
든든한 나무가 되었습니다
어린 것들이 자라
아름다운 꽃을 피웠습니다
아버지 어머니는
하늘에 들어서도
북을 치고 계십니다
더운 손 내어주고 계십니다
저 북소리 따라가다 보면
엄하시며 인자하신 아버지가 계시고
더운 손 떠올리면
따뜻한 사랑 넘치는 어머니가 계시고
나도 아버지처럼 북을 칩니다
어머니처럼
내 아내도 더운 손 내밉니다
내 자식들을 위하여
둥둥 둥둥둥 북을 칩니다

제목 : 북소리
시낭송 : 박영애
스마트폰으로 QR 코드를 스캔하면
시낭송을 감상할 수 있습니다

내 귓속 공작소

한동안 일거리가 없어 문을 닫았던 공작소가
문을 열었는가 보다

웅성웅성 철재 옮기는 소리도 들리고
선반공 쇠 깎는 소리
용접공 용접하는 소리
철 판공 망치질 소리 요란하다

아마도 거대한 배 한 척 만들 심산인가 보다
망망대해에서 불어오는 바람 소리도 들린다

여름도 오지 않았는데
공작소 건물 밖 나무 위에서
뜨거운 뙤약볕 아래
매미들 구성지게 노랫가락 한창이다

요즈음 같은 불황에
공작소 이사 좀 가게 하여달라고
구청에 민원 넣기도 그렇고
투덜투덜 발걸음 옮기며
이비인후과에 들러 의사에게 처방전 받아
차단막 설치하러 약국으로 달려가는 중이다

네 이름 뭐니

저리도 반가운 게로구나
난 너의 이름을
기억조차 하지 않는데

초등학교 어린 시절
오빠라고 불러주던
나보다 한 학년 어린
피부가 유난히 뽀얗던 계집아이

푸르름에 묻혀
오월 가는 어느 날

학교 운동장 화단 옆
턱 고이고 쪼그리고 앉아
빤히 나를 쳐다보던
그때 그 아이

불면증

돼먹지도 않은 생각들이
꼬리를 물고

그렸다 지웠다
뒤척이는 밤

저 달 왜 그러나

잠 못 드는 이 밤에
만월이라니

저 달 품으면
고운 잠 청하려나

꽃반지

어느 하늘 아래
계실까요

눈이 맑은 그 사람

토끼풀꽃 피었길래
꽃반지 하나 만들었지요

이유는 묻지 마세요

손이
참
예쁜 그 사람

나에게도 쉼표를

일손 놓고 쉬어 보니
몸은 편한데 마음이 허전하다

거리는 어떠한가
가도 가도 연둣빛 물결이다

매일 아침
출근길 서두른 것처럼
쉼표 하나 걸머메고 길을 나선다

가고 싶은 곳
보고 싶은 곳
그리운 얼굴 저리 많을 줄이야

노을빛 저리 고운데
내일은 누굴 만나러
길 떠나볼까

가다가 힘들면
들녘에 앉아 들꽃 벗 삼아
환하게 웃으면 되리
녹아들면 되리

알 수 없는 길

간밤 잔뜩 흐리더니
비바람 몰아친다

쓰고 있는 우산이
바람 앞에 버겁다

걸음은 느려지고
마음속이 복잡하다

둘러보니
비에 젖은 들풀이
기를 쓰고 일어선다

나지막이 들리는 음성

불현듯
아버지가 그립다

무죄

사랑해도 되죠
꽃이 피는 동안

딱
고만큼만 사랑할게요

왜냐고 물으시면

오늘 아침 출근길
민낯으로 벌겋게 달아오른
당신의 얼굴이

저리도
눈부신 까닭인 때문입니다

시밥

글쟁이는
시밥이 최고여

찬이야 널린 게
찬 아니겠는가

저 푸르게 차오르는
강산을 좀 보아
꽃 피는 봄을 좀 보아

길 가다 허기지면
한술 떠 배부르면 되는 것을

강산을 배부르게 먹었으니
마음 위에 꽃 피는 봄
푸르른 강산이
송두리째 들어와 앉았는걸

희망

영구 씨를 보면
참 마음이 아프다

변두리 어느 골목
허름한 지하 단칸방

딸 둘에 네 식구의 생계가
거미줄처럼 엉켜 있다

그래도
건강 하나는 타고난 영구 씨다
언제나 긍정적이다

열심히 일하면
작은 부자는 되는 게야

무럭무럭 자라는
두 딸을 바라보며
깔깔거리는 두 딸의 웃음을
하늘에 쏘아 올리고 있다

가난에 익숙한 영구 씨
씩 웃고 있는 누런 이빨 사이로
언뜻언뜻 푸르른 세상이 보인다

사랑은

누군가에게 다가가
용돈 주는 것처럼
슬쩍 찔러주면 되는 거예요

그 마음
대가 같은 거 없어요

주는 사람도 받는 사람도
기분이 좋아서 그냥 웃지요

콩

한 배에서 태어났는데
너무 다르다

잘난 놈
못난 놈

못난 놈에게
자꾸 눈길 간다

때 되면 식탁에 앉아
젓가락 쥐여 주는 놈

안부 전화

멀리 있는 벗으로부터
전화가 왔다

요즈음
어떻게 지내시는가

응
그날이 그날일세

그런데 말이야
마음은 푸르름인데
몸이 말을 안 들으니

작년하고
올해 또 틀리는 걸 어쩌겠는가

그러게
우리도 이젠 늙는 게야
건강 지키자고

마음이 아려온다

시린 하늘에 친구의 목소리가
잿빛 구름처럼 둥둥 떠다니고 있다

거울 앞에서

거울을 들여다보다 피식 웃고 말았습니다
주름진 내 얼굴이 세월을 노래합니다

나도 한때
푸르고 싱그러운 날이 있었습니다
멋 부리지 않아도 멋스럽던 젊은 날

뒤안길 돌아보니 너무도 아름답습니다
거울을 들여다보다 피식 웃고 말았습니다

이제는 푸르고 싱그러운 것이 아니라
익어진 내 얼굴에서
세월의 향기가 나기 때문입니다

제목 : 거울 앞에서
시낭송 : 박영애
스마트폰으로 QR 코드를 스캔하면
시낭송을 감상할 수 있습니다

출근길

부르르 떨고 있는
나무를 본다

궁색하게 비둘기 몇 마리
아침 소반을 먹고 있다

희뿌연 하늘
눈이라도 내리려나

발걸음 서두르는
아침 출근길

마음은 소박한데
나이테 세월 무겁다

찻잔 기울이다가

커피 향 그윽합니다

창밖에는 소리 없이
소복이 흰 눈이 내렸고

저 눈 녹기 전
사랑하는 사람에게 달려가
눈 위에 새겨진 발자국처럼

하얀 그리움 하나
새겨두고 싶습니다

허한 마음

나이 드니
자꾸만 외로워진다

아무래도 어두운 방에
창문 하나 내야겠다

남향받이 볕 잘 드는 곳

창가에 내가 좋아하는
예쁜 꽃 심은
화분 하나 올려두고

어두운 방 햇살 받으며
꽃바람 일게

첫날

첫날은
가슴 뛰는 일이다

설렘 반
두려움 반

초등학교 입학식 날
가슴에 명찰 달고

귀 쫑긋거리며
학교 운동장에 서 있는
철수의 마음이다

한 해가 저물며

거기 그렇게
내 그림자
바람을 맞고 서 있습니다

한 해가 저무는 겨울 녘
잘 지켜준 내 몸이
그림자와 만나는 지금입니다

뒤돌아보지 말라고 등 감싸주는
햇살이 고맙습니다

안으로 비우고 밖으로 깎인 세월
어찌 뒤돌아보지 않을 수 있을는지요

만나는 사람마다
감사 인사 남깁니다

석양의 노을빛 저리도 아름다운데
열두 장의 달력이 쓱 하고 있던 자리
비워주고 갑니다

제목 : 한 해가 저물며
시낭송 : 박영애
스마트폰으로 QR 코드를 스캔하면
시낭송을 감상할 수 있습니다

그리운 것들

가슴에 묻어두길
잘했지

여기도 벙긋
저기도 벙긋

이 시린 겨울날
꽃 빛 물들어

봄여름
가을 보듯
못살게스리 그리운걸

마음아

울컥해진 심사가
가슴을 치네요
요즈음 제 마음이 그래요

어딘가에 눈이 내리고
어딘가에 비가 온다네요

그곳으로 달려가
깨끗한 마음
하얀 눈이 되고 싶고

그곳으로 달려가
맑은 눈물 비가 되고 싶네요

문상 길에서

앞서거니 뒤서거니
용케도 달려왔지

삶이란 한 치 앞을
내다볼 수 없는 안개 같은 거

시곗바늘 같은 인생
멈추면 그만인 것을

너 잘났다 나 잘났다
북적거리는 세상살이

태어날 때
두 손 움켜쥐고 힘차게 울더니

돌아갈 때
울면서 조용히 눈 감더라

저 마음 어쩌나

허허
이걸 어쩌나

그냥 가자니
그렇고

많이 그리운 게로구나
사랑이

발동 걸리는
시심도 그렇고

낙엽 뒹구는 길가에
눈길 주는 철쭉꽃

네 마음 받아주고
봄날이라 적는다

군고구마

한겨울 군불 지피시다
화로에 숯불 가득 채워
사랑을 구워 주시던 아버지가 있다

참새 새끼처럼 마냥 입 벌리고
즐거워하던 나에게
껍질 벗겨 잘 익은 고구마를
호호 불며 입에 넣어주시던
아버지

동화 같은 어린 시절
따뜻한 아랫목
화롯불처럼
아버지의 훈훈한 사랑이
샛노란 속살처럼 달곰하다

지금
아버지는 하늘에 계시고
나는 아버지처럼
고구마를 굽고 있다

제목 : 군고구마
시낭송 : 박영애
스마트폰으로 QR 코드를 스캔하면
시낭송을 감상할 수 있습니다

화두

바람도 없는데
낙엽이 진다

저 고요한
외침은 뭘까

시인은
이별이라 말하려다
무릎 꿇는다

받든 가을이 깨끗하다

아직은요

앙칼지게 비바람 분다

천둥 번개는요

저 산도

내 마음도

흔들지 마세요

이제 막

붉게 물드는 초가을입니다

징검다리

마음이
다리를 놓았나 보다

흐르는 물 위에
다리 하나 놓였다

달빛 흐르고
별빛 내린다

조용조용 흐르는 물
그쪽의 마음인가

개울가 옆
밤새도록 예쁜 꽃 피었다

가난한 마음

떠나가는 뒷모습으로
연초록 그리움은
어디쯤 걷고 있을까

인적 드물어
외진 산길

스치는 바람결에
힘없이 떨어지는 가랑잎

시인은 가을이라 적고
이별이라 말한다

피서 가는 길

싱싱한
들판을 가로질러
추억을 매달고 기차가 달린다

기찻길 옆
금계국 꽃씨 여무는 동안
중심에서 빠져나온 사람들
길 밖에서 요동쳤다

푸르른 배경을
사정없이 달구는 햇살
마음은 벌써
피서지에 가 있는 사람들

파도 소리
계곡물 소리
하얗게 부서지며
발목을 적시고 있다

공원 길을 걷다가

지렁이의
사체를 바라보다 생각했다

열대야에 공사장에서 땀 흘리며
일하다 쓰러진 노동자

올려다본 하늘은 저리도 푸른데
목구멍이 포도청이라

죄가 있다면 열심히 일한 죄

하늘에 들지 못한 목소리가
귀곡성처럼 떠돌고 있다

주운 낱말

길 가다가
낱말 하나 주웠더니
꽃이었네

또 길 가다가
낱말 하나 주웠더니
푸르름이었네

푸르름 걸치고
꽃길 걸으니

산이
내 마음속에
풍경처럼 들어와 앉았네!

고백

가슴에
품고 살았던 말

너
그거 아니
몰라

나
그냥

깨물어 주고 싶도록
널 좋아해

우산

비 오는 날에는

우산이
당신이었으면 합니다

바람까지 부는 날에는
더욱 간절합니다

아내의 생일

함께한 세월 얼마인가
믿고 따르며
함께 하여준 당신

모진 풍파 견뎌내며
주름지고 패인 그 얼굴

저승 가서도 손잡고 갈까
분신 같은 당신

오늘은 당신 생일
생애 최고 기쁜 날

춥게만 살아온 삶 언저리
햇살 한 줌 빌려와
따뜻한 옷 한 벌 해주고 싶다

제목 : 아내의 생일
시낭송 : 박영애
스마트폰으로 QR 코드를 스캔하면
시낭송을 감상할 수 있습니다

고운 꿈

밤새도록
예쁜 꿈 꾸었습니다

새벽에 눈을 뜨니
베란다에 예쁜 꽃 피었습니다

꿈속에서 못다 한 말
웃으며 피었는가 봅니다

그쪽 마음 외로울까 봐
내 마음 걸어두었습니다

오늘도 내일도
웃음꽃 피우게 말입니다

추억 한 컷

길 가던 여인네
사진 한 장 찍고 간다

사진 속에 여인네
꽃처럼 웃고 있다

향기에 취해
무슨 추억 놓고 갔을까

여인네 떠난 자리
연분홍 꽃 피어 있다

삶

꽃만 보지 마시게

저 예쁜 꽃도
모진 세월 이겨내야
꽃 핀다는데

힘들이지 않은 삶
어찌 그게 삶이랴

제목 : 삶
시낭송 : 박영애
스마트폰으로 QR 코드를 스캔하면
시낭송을 감상할 수 있습니다

상처

마음이 편안하면
기억조차 없는데

마음이 아플 때면
슬며시 차오르는

잊고 살다 가도
어느 땐 불쑥

그런 거 잊어버리려 해도
가슴 깊이 남아있는

세월 가도 따라다니는
그 몹쓸 기억

발자국

눈길을 걸어가는 이 있다

상처 많은 짐승이
저 하얀 길 걷다 보면
마음 깨끗해질까

가도 가도
하얀 길

남기고 간 발자국
치유하는 마음으로

기별

보고 싶은 걸 어쩌겠소

얼어붙은 대지에
내 마음처럼 눈이 내렸소

저 눈 녹기 전

부디 이 마음
당신에게 전해지기를

근황

요즈음 내가
거울을 들여다보는 일이
늘어났다

그것도 자주

들여다보아야
그 얼굴이 그 얼굴인데

까칠해진 모습이
겨울을 닮았다

여인네들처럼
화장이라도 해야 하려나

아무래도 마음에
봄 하나 들여놔야겠다

2. 관념 속에서 핀 사색

구름 정류장

그 마음 알지요

구름 버스 타고 오다가
되돌아가 내렸지요

인적 드문 풀숲에
고개 숙인 야생화

기다리는 마음
모른 척
가만히 이별을 고한

새가 울던
풀숲 우거진
하늘길 구름 정류장

습지의 아침

샛별 총총걸음으로
자리를 내어주는 아침이다

고요 속에 햇살이
생금처럼 반짝인다

훅하고 코끝을 스치는 아카시아
찔레 향 바람 타고 흐른다

활동사진처럼
습지는 살아서 움직이고

오월이 반환점을 돌아
다리를 건너가고 있다

이상한 낚시

낚싯대 걸머메고
강으로 간다는 게
산에 들고 말았네

가도 가도 첩첩산중
바람 소리만 웅성웅성

주섬주섬 낚싯대 펼쳐놓고
저 산 한번 걸어볼까

해는 산마루에 뉘엿뉘엿
하루가 저무는데

낚싯바늘에 걸린 산은
미동도 하지 않고
나더러 도적놈이라며
속세의 옷 벗어 놓고
내려가라 하네

종이비행기 날다

어디로 보내줄까
저리도 아름다운 것들

하얀 백지 위에 봄이라 쓰고
겨우내 가슴에 묻어둔 것들 꺼내어
접고 또 접어 만든 종이비행기

산으로 날릴까나
들녘으로 날릴까나

창을 여니 아직도 바람 차가운데

날아라 맘껏 날아라
꽃 피는 봄 그대를 향하여
맘껏 날아라

남쪽엔 지금

기차에 매달려
남으로 온 겨울이
스르르 녹고 있다

빗장 걸어 잠그고
잠들었던 그리운 것들이
저마다의 곡조로 피리를 불고

물빛인 듯
꽃빛인 듯
머리에 화관 눌러쓰고
잎보다 먼저 피는 봄

가위바위보

눈이 녹듯 겨울이 녹는다

윙윙 우는 바람 속에 흔들림처럼
따뜻한 온기가 느껴지고 있다

추위에 가랑잎 덮고
잠들은 어린 것들
장난꾸러기 같은 얼굴로
잠에서 깨어 일어서고 있다

시절은 이제 봄 편이다

가위바위보
가위를 낸 봄
보자기를 낸 겨울이 졌다

멀리 트럼펫 소리 울린다

저 바람처럼

나이 드니
자꾸만 외톨이가 되더라

어둠이 내린 창가에
창문을 두드리는 저 바람

외톨이 된 내 마음
달래주려 왔는가 보다

나도 너처럼
누군가에게 달려가
창문을 두드리고 싶다

어느 날 불쑥 찾아가
잘 있었냐고
안부라도 물어보고 싶은

초대장

들녘에 초대되어
오월 푸른
둑길 가장자리에 앉았습니다

들꽃들이 소박하게 차려준 밥상
향기롭게 먹었습니다

졸졸 흐르는 시냇물 소리로
갈증 난 목도 축였습니다

새들은 또 어찌 그리 청아하게
노래를 부르는지요

재 넘어가는 구름도
산마루에 걸터앉아
박수 치며 쉬었다 갑니다

눈 호강
귀 호강하다가
하루해가 저뭅니다

초대받은 나그네
논 가장자리 맨 앞줄에 증표로
이름 석 자 심어 놓고 갑니다

제목 : 초대장
시낭송 : 박영애
스마트폰으로 QR 코드를 스캔하면
시낭송을 감상할 수 있습니다

볕이 참 좋길래

곤하게 잠들은 너희들
흔들어 깨우기도 그렇고

볕이 너무 좋아서
그냥 기다리자니
허전한 마음이 그렇고

지나는 바람
옷소매 붙잡고 함께 놀자 하니
휙 하고 가버려서 그렇고

가슴에 묻어둔 추억들
혹시나 하고 꺼내 보았더니
삼 동도 안 지난 초겨울이라 그렇고

그렇고 그런 날 금빛 햇살 눈부신데
잿빛 하늘 아래 누워 자는 흰 강산
잠 깨면 봄 오시려나

안개

새벽안개 뿌옇다

저 안개 속 헤치며
용케도 걸어왔구나

뿌옇고 흐린 날은
가거라

안개 걷히니
하늘빛 곱구나

여기까지 왔는데
앞으로의 날들은

명(明) 빛 하늘
가슴에 들이고 싶다

너랑 함께

내가 그렇게
외로웠나

한겨울
곱게도 핀 꽃

나비 되어 훨훨

시린 이 마음
봄빛 채우며

저 산등성
뛰어놀고 싶다
맘껏....

맑은 날

참
깨끗한 아침이다

어디선가
산비둘기 울음 울고

햇살 머금은
푸른 잎 싱그럽다

장의자에 앉아
물끄러미
아기 꽃 바라보다가

해맑게 웃는 모습에
지친 몸 달랜다

못다 쓴 시

힘껏
활시위를 당겼습니다

날아간 화살이
쿵 하고
가을 심장에 박혔습니다

콸콸 쏟아져
붉은 피 흥건합니다

보내는 가을이
저리도 아픈 줄
이제야 알았습니다

돌아오는 길

눈물 나게 곱습니다

서리 내리니
단풍 더욱더 곱습니다

마음이 깨끗한 길을
걸었습니다

눈으로 읽고
마음에 담습니다

차 창밖 스치는 풍경처럼
내 마음 온통 붉은 가을입니다

이참에
못다 쓴 시 한 편마저 쓰려 합니다

습지엔 바람만 불고

석양에 지는 노을 바라보며
오랜만에 소래 습지를 걷는다

거기 그렇게
있어야 할 예쁜 것들이
보이질 않는다

만조인가 보다
바닷물이 예까지 밀고 들어왔다

숭숭 뚫린 갈대숲 사이로
바람 소리 요란스럽다

사위어 가는 것들 바라보며
눈시울 적시다가

술 한 모금
마시지 못하는 내가
오늘은 거나하게 술 한잔 걸치고
떠나는 것들과 함께
어디론가 떠나고 싶다

제목 : 습지엔 바람만 불고
시낭송 : 박영애
스마트폰으로 QR 코드를 스캔하면
시낭송을 감상할 수 있습니다

어쩐대요

설악에는
눈이 내렸다지요

아름다운 추억 지우려
눈이 내렸다지요

붉은 단풍 저리도 고운데
어디쯤 서성거리는 마음 지우려
눈이 내렸다지요

한겨울도 아닌데
눈이 내렸다지요

명상

하늘을 보면
구름처럼 살고 싶고

산에 들면
푸르게 살고 싶고

들판에 서면
들꽃처럼 살고 싶고

가슴에 품고 사니
모두가 다 예쁜 세상

나는야 바람처럼 떠도는
향기가 되고 싶어라

개미

평생
일만 하며 살았구나

물 좋다는
강남땅에 집 한 채도 없으면서

어제가 오늘이고
오늘이 내일이고

부지런한 근성이야
점 하나로 남을 흔적

부끄럽지 않았으니
저세상 가면
그 잘난 상 하나 받으려나

나무

늘
푸른 줄만 알았네

주름진 내 얼굴
단풍 드네

지나온 흔적까지
그대로 닮은

바다는 안다

생은
교차하는 거

밀물이 있으면
썰물도 있지요

지극하고도
공평한

뒤섞였다
함께 가 버리는

숲속의 아리아

오월 푸른 날
목청 좋은 뻐꾸기

바람이 지휘하는
덤불 오케스트라 연주에
신명 나게
아리아를 열창하고 있다

신이 내려준
천상의 목소리

산이
고개를 끄덕끄덕하며
조용히 앉아 있다

비의 노래

추적추적
비가 내린다

산도 젖고 들도 젖고
나도 젖는다

이렇게 가슴까지
흠뻑 젖는 날엔

닫힌 마음을 열고
불현듯 그리운 이름 하나
불러보고 싶다

그때 그 자리

그곳에 가면
당신 생각이 납니다

꽃 피는 날이면
당신 얼굴 떠오르고

꽃지는 날이면
당신 떠나간 뒷모습만 보이고

따뜻한 온기 남아있나
다시 찾아온 그 자리

찬바람만 휑하니
가슴 후벼파고 갑니다

우는 새

영화 속 이별처럼
꽃잎 지는 봄

푸르름에 숨겨진 얼굴
마지막 한 컷 찍어두고

비라도 내릴라치면
마음만 뒤숭숭

찔레나무 숲속에
얼굴 파묻고

가는 봄 아쉬워
저리 섧게 웁니다

대지의 함성

푸른 군중을 본다
연녹색 깃발 나부낀다

내리는 빗줄기에
삼월이 몸 씻어 내는 날

빈곤한 대지엔
사월의 항쟁처럼
함성 소리 요란하다

달팽이

달팽이 한 마리
길을 가고 있습니다

짊어지고 가는 짐
너무도 무거워 보입니다

세상 살아가는 일
저리도 힘들 줄이야

땀 흘리며 가는 길
너무 멀어 보입니다

팻말

훈풍 훈풍
봄바람 부는 거리에
눈 맞추며
풍경 하나 펼쳐진다

부풀어 오른
젖가슴 풀어 헤치며
예열된 가지마다
꽃망울 터트리고

돌아보는 곳마다
함빡 웃음꽃 핀다
하늘길 열린다

박수갈채 받으며
돌아오는 것들
손에 손에 팻말 하나씩 들고
붉은 물감 노랑 물감 하얀 물감을
왈칵 쏟아놓고 있다

개화

구경꾼들 모여든다

엿장수 아저씨
손짓 발짓
신명나는 가위춤 한창이고

터트리거라
맘껏

산에도 들에도
사랑이라는 봄 핀다

빨래가 되고 싶은 날

행복은 마음속에 있다는데
생각이 많아
잠시 잃어버렸던 게야

그놈의
잡동사니 같은 생각들
꺼내놓고 보니
쓰잘머리 하나 없는데

흐르는 개울가에
몽땅 집어넣고
빨래처럼 빨아볼까나

잠시 구름 걷히더니
햇살 눈 부신데
잡동사니 같은 생각들
빨아보지도 못하고
몽땅 들키고 말았네!

그리운 날엔

그저
마음 자락 하나
풀었을 뿐인데

편지를 쓰는 동안
꽃밭에 꽃들은 지고
꽃들은 핍니다

이유야 알 수 없지만

꽃의 마음도
내 마음도 아마도
같은 생각이라 그러지 싶습니다

그대 잘 있는지요

바람 불고
비 뿌린 날
습지를 돌다가
눈여겨보았던 예쁜 꽃 하나

간밤에
그 꽃으로 하여
잠 못 이루고
이리도 뒤척일 줄 몰랐습니다

아마도
내 가슴 쪽에
잊지 못할 추억 하나
저리도 뼈아프게
남아있나 봅니다

이리 살고 싶습니다

비가 내린 아침은
언제나 투명하다

잎새 위에
또르르 구르는 물방울

잘 닦인 잎새처럼
하루를 살고 싶다

일 년 삼백육십오 일에
반이 지나가고 있다

교차한 하늘처럼
쓰고 있던 우산을
공손하게 접는다

3. 꽃은 피는 것이 아니다

장미 정원에서

하도 곱길래
향기 진동하길래
꽃밭에 들어
나도 꽃이 될래 하고 앉았지요

하나님
이쯤 되면 나도

참말로 고운 사람

참말로 향기 나는 사람

참말로 꽃 같은 사람

참말로 어쭙잖게
흉내라도 낼 수 있을는지요

애기똥풀

벙긋거리며 배냇짓 하는
이쁜 모습 좀 보아

푸른 융단 깔고서
쌔근쌔근 잠들다

피식피식 웃으며
두 주먹 움켜쥐고
응가를 싸놓은

황금빛 샛노란
애기똥풀

수련화

떠받든 연둣빛 잎새 위에
선녀처럼 고왔어라

푸르름 더하는 오월 풍경 속에
봄꽃들 소리 없이 지는데

공양미 삼백 석에
인당수에 몸 던진 심청이의 마음이런가

금빛 화관 눌러 쓰고
인적 뜸한 연못가에 다비처럼 피었어라

찔레꽃

가시덩굴 위에
피어서 예쁜 걸요

성냄도
찔림도
보듬어 안고 피었어요

저 향기
진동하잖아요

사랑도 같아요

오월의 장미

너무 야해요

자꾸 눈길 가는 걸
어쩌겠어요

오늘 밤
별빛 내리는 창가에
달빛 내리는 창가에
붉은 커튼 드리워진 채

별빛처럼 스러지고
달빛처럼 녹아들고

묻지는 마세요

붉은 입맞춤
활활 탑니다

이밥꽃

아가야 배고프지
이밥 꽃 팡팡 터지던 날
왜 그리 보고프지
어머니가

보릿고개 힘들게 넘던 어린 시절
복 자가 선명하게 찍힌 사기그릇에
기름기 자르르 흐르는 하얀 쌀밥을
고봉으로 꾹꾹 담아 주시며
많이 먹으라 하시며
머리를 쓰다듬으시던 어머니

그때 고향길 언덕에도
이밥 꽃 하얗게 피었을까

이제는 하늘에 계신 어머니
이밥 꽃 하얗게 핀 나무 그늘에서
수 자가 새겨진 사기그릇에
이밥 꽃 수북이 담아
어머니가 하신 것처럼
고봉 한 사발 차려 드리고 싶다

제목 : 이밥꽃
시낭송 : 박영애
스마트폰으로 QR 코드를 스캔하면
시낭송을 감상할 수 있습니다

수선화

이 감정 뭐지

그냥
모른 척하자니 그렇고

수줍어
부끄럼 타는 너에게

조용조용 다가가
입술 포갠 채

지그시
두 눈 꼭 감았습니다

영산홍

사월
참 예쁘죠

화냥기 많은 여인네
봄바람 나듯

피워볼 거
다 피우던데요

저기 좀 보아요

벚꽃 지니
때맞추어 피는 걸요

사월 가는 뜨락에
영산홍 붉은 입술

저리도 요염하게
피었습니다

민들레 사랑

밤새
그리움 먹고 피었습니다

그제도
어제도 보이지 않던 민들레

내가 드나드는 계단 옆 모퉁이
히죽히죽 웃으며 피었습니다

저리도 반가워
손짓하며 피었습니다

자목련

사랑하면
꼭 그만큼 눈물 나고
외롭다는데

어느 날 갑자기
내 마음속에 들어와 앉아
웃고 있는 그 사람

왜 그렇지

자목련 흐드러지게 핀 날
오늘도 나는
그 사람이
미치도록 그리웠다

명자야

어쩌죠 이 마음

너무 붉어
뜨겁게 타오르는 당신 가슴에

내 마음 떼어내
몽땅 드리고 싶습니다

아기꽃

달빛으로 피었는가
별빛으로 피었는가

갖추어지지 않은 풍경 속에
문득
피어버린 아기꽃

고교 시절
흑백 사진 속

단발머리 소녀의
앳된 얼굴인 양

안개꽃

곱기도 하지

별빛 쏟아지는 밤

하늘의 선녀가

천상의 빛을 빌려

순백의 드레스를 입고

꼭 그만큼

사랑의 꽃무늬로 피어올랐다

가시 위에 핀 꽃

밤새
끙끙 앓았어요

지독한 고뿔처럼

누구인가
그리웠던 가봐요

눈을 뜨니
바깥 공기 차가운데

베란다 한쪽에
가시 위에 피워낸 꽃

언제부터 피었을까요
저리도 곱게

가을 민들레

가기 싫은걸
어떻게 해요

봄 입네 하고
다시 피었어요

왜 안 가냐고
묻는다면

보고 싶은 사람
한 번 더 보려고요

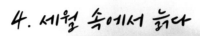

4. 세월 속에서 늙다

봄으로 쓴 편지

봄을 터트리니
꽃이 피었습니다

산에도 들에도
붉은 물결입니다

먼 곳의 그리운
사람이여

붉은 물결
마음에 들여

봄 편지 한 통
쓰고 또 씁니다

봄봄봄

깨알처럼
웃음 쏟아지는 봄날에
예쁜 옷 갈아입고 피었습니다

간밤 비 온 뒤라
가랑잎 덮은 발치 위로
저리도 맑은 얼굴로 피었습니다

봄이면 언제나 그랬듯이
그리움 한 뼘 떠올리며
누군가에게 손짓하고 있습니다

너도 봄 나도 봄
물기 마르지 않은 봄 창을 열고
기를 쓰며 일어서는 삼월입니다

유혹하는 봄

봄비
그대 가슴을
만져주고 갔다

꽃피울 동안
오롯한 그리움으로

회색빛 하늘을 터트리니
눈부신 햇살 쨍쨍하다

누가 길을 놓아주었을까요

고요히 바라보니
봄 참 예쁘다

오월의 시

동틀 무렵 연초록 잎새 위에
낱말 하나 올려놓는다

동산을 차고 오른 태양이
고요를 물들이고 있다

잎새 위에 낱말이 보석처럼 반짝거리고
내가 바라본 풍경은 푸르름의 극치

이제껏 풀어쓴 낱말은
죽은 문장이다

오월이 가기 전에 써보지 못한
시 한 편 가슴에 담는다

사월의 편지

걸어둔 마음이야
그대 것입니다

받아주고 안 받아주고는
그대 몫이기에
가만있겠습니다

비 오고 바람 분다고
걸어둔 마음
변할 리 있겠습니까

오늘도 나는
그대 뜨락을 거닐다가
붉은 꽃잎 두어 장 따
걸어둔 마음 위에
사랑한다는 말 한마디
붙여 써 놓고 갑니다

오월로 가는 들녘

푸르름에
푸르름을 더 하는구나

돌아온 희망들이
부푼 꿈 등에 업고
햇살 속으로
걸어 나오고 있다

이래저래 오월 들녘은
고달픈 사연들이 얼굴 맞대고
푸르름으로 일어서는 거

들녘에 서 보니 알겠더라
이참에 나도
황혼으로 가는 길목에
푸르름 하나 심어두고
길 떠나고 싶다

제목 : 오월로 가는 들녘
시낭송 : 박영애
스마트폰으로 QR 코드를 스캔하면
시낭송을 감상할 수 있습니다

진눈깨비

이른 새벽에
눈비가 옵니다

한쪽은 그대 마음이고
한쪽은 나의 마음입니다

누가 누가 저 마음
갈라놓았을까요

날 풀리면 두 마음
한마음 되어 내릴는지요

완벽한 봄

우수 지나
훈풍 훈풍 바람 분다

한결 자유로워진 희망 하나가
어둠을 밀어내며
절망의 틈새까지 채우고 있다

텅 비었던 세상이
완벽하다

햇빛 아래
푸르게 푸르게 일어서는 봄

꽃샘추위

겨울이 봄에게
마지막 한 방을 날리고 있다

라이트 훅
레프트 훅

얼굴이며
복부며
명치끝을 사정없이 난타 당해도

눈 하나 까딱 않고
오뚝이처럼 일어서는 봄

겨울도 간다

나는야
그대를 기다리는 나비

가슴에 묻어둔 것들
꺼내어 놓고 가만가만

눈 내린 들판 위에
스르르 하얀 마음 녹아들면

꼼지락꼼지락
여리고 저 귀여운 것들

머리에 꽃 화관 눌러 쓰고
예쁜 봄 피우리

유년의 겨울

꽁꽁 얼어붙은 강물 위에
얼음장 쩡쩡 갈라지며 운다

갈라지고 터진 손
호호 불며 팽이 돌리고
썰매 씽씽 달리던 유년 시절 그립다

겨울이 춥다 한들
헐벗은 그때 그 시절
살을 파고드는 칼바람 추위에 비하랴

그 강산
뛰어놀던 고향 하늘은 그대로인데
소식 알 수 없는 동무들 얼굴
추억처럼 눈 속에 파묻힌다

동짓날 밤

긴 밤
장편 소설 읽으며
책 페이지 넘기듯
그리움의 길목을 걸어간다

칠십 년 세월
바람에 몸 맡긴 나그네 여정

황혼도 뉘엿뉘엿
서산에 해 걸리듯 쉬어 가잔다

좋은 일 궂은일
기뻐하고 토닥여주던
손잡고 지나온 세월이여

늘그막의 시인이라는
부끄러운 딱지 하나 얻었으니
시처럼 살고 지고

회한으로 얼룩진 삶 그려보니
행복과 불행은
내 안에 살고 있었다

제목 : 동짓날 밤
시낭송 : 박영애
스마트폰으로 QR 코드를 스캔하면
시낭송을 감상할 수 있습니다

겨울 들녘에서

떠난 것들 그리워하며
허수아비가
누더기 옷 걸치고
반쯤 기운 채로 서 있다

서릿발 하얗게 내린 논길 위를
바람만 쩡쩡 울리며 지나가고

어릴 적 이삭줍기 시키시며
밥상머리에 앉아
밥 한 톨이라도 흘릴라치면
잔뜩 노하시며 호령하시던 아버지

등 따시고 배부른 요즈음이야
먼 옛날이야기
아버지 삽 들고 땀 흘리며
이렇게 어른으로 키워준
들녘 위에 무릎 꿇습니다

십이월에 서서

안팎으로 비우는
달이 있습니다

일 년 삼백예순 닷새가
조용조용
비우며 지나가고 있습니다

돌아다보니
사랑도 많이 받고
얻을 것도 많이 얻었습니다

바람이 붑니다
마지막 남은 잎새가
손짓 몇 번 하더니
그마저 놓아 버립니다

모두 다
비워 버리고 떠나는 달
감사하는 마음으로 무릎 꿇습니다

석양의 노을빛이
아름답게 무대를 접습니다

겨울 가로수

단정하게 머리 깎고
기다리면 되죠 뭐

겨울 가면
깎은 머리도 자랄 거예요

춥게 보인다고요
겨울 그렇죠 뭐

봄비 맞고
일어서는 풀처럼

그냥 이 겨울
기다리면 되는 거예요

삭제하는 겨울

깨끗하게
흰 눈이 내린다

봄이건
여름이건
가을이건

몸 부풀리다
몸 사위어 떠나는 것들

그렇게 겨울은
덮을 거 덮어주고

나름 찬바람으로
윙윙 울어도

삭제하는 겨울은
언제나 공평하다

시월 보내며

곱게 물들다 가는
시월이 아름답습니다

하늘은
볕은 또 어찌 그리도
맑고 따사로운지요

이런 날엔
그냥 젖어서 흠뻑 젖어서
가슴으로 녹아들며
저 고운 빛깔로 하여
누군가에게 바칠
사랑의 시 한 편 쓰고 싶습니다

시월 가면
찬 바람 부는 겨울 오겠지요
보고프겠지요 아주 많이
가는 시월 어루만지며
그리운 것들이 발목을 잡는
시월을 보냅니다

올겨울엔

그리운 것들이
차향처럼 그윽하게
피어오르는 주말 아침

텅 빈 가슴에
떠나는 가을이
하나둘씩 들어와 앉는다

붉은색은 누군가의 얼굴로
노란색은 누군가의 마음으로
갈색은 또 누군가의 몸짓으로
푸르고 높은 하늘까지도
마음에 담는다면야

올겨울엔
저 고운 것들
꺼내어 읽는 재미로
심심해하지는 않겠다

받아쓴 가을

깨끗한 가을 위에

사랑아

낯선 바람 붙잡고

이리 뒹굴고

저리 뒹굴다

온몸 불사르며

각혈처럼 토해 놓은

검은 반점

황혼 그리고 가을

저 붉은 가을을
어쩌죠

가슴에 걸어둔 가을이
자꾸만 물이 들어요

저 산처럼
저 들처럼
맑은 시냇가에 투영된 고운 빛으로

젊은 날은 그러려니 하였는데
나이 들어 바라보니 너무 고와서
그냥 눈물이 나네요

행복한 가을

모퉁이 돌다가
예쁜 가을 하나
주워 가지고 왔습니다

책갈피에 넣어둘까
마음에 걸어둘까

책갈피에 넣어 두 자니
외로워할까 봐
마음에 걸어 두기로 하였습니다

예쁜 사연은
어찌 그리도 많은지요

아무래도 올가을엔
주홍 글씨로써 내려간
예쁜 사연 꺼내 읽는 재미로
내가 참 행복할 것 같습니다

가을 사색

곰삭아 내리는 단풍잎처럼
하늘빛 곱다

인적 드물어 외로울까 봐
가을꽃들과 이야기 나누며 놀다가

장의자에 앉아
가을빛 주워 담으며
그리운 얼굴 떠올리는데

받아쓴 가을이 선 분홍 붉은빛으로
내 가슴 물들이고 있네!

물든 마음

차츰 가벼워지는
가을 나무를 본다

국화차 한잔 마시고
마음 향긋하게
산자락에 머물다 가는 아침이다

거리에 부는 바람이
알록달록하다

곱게 물든 낙엽 주우며
사랑하는 사람 이름 불러보다가

비우고 지우고
내가 어디쯤 서성거리며
에움길 걷고 있다

뙤약볕과 어머니

여름이
나무 그늘에 앉아
꾸벅꾸벅 졸고 있다

구름 몇 점 띄워놓고
말간 하늘이
뱃놀이 중이다

언뜻 스친 풍경들이
더위에 지친 몸
한줄기 소나기 그립다

밭고랑에 앉아
이마에 땀 훔치시던 어머니

그 억척스러움
눈물겹게 배어있는
여름날 들녘 오후다

제목 : 뙤약볕과 어머니
시낭송 : 박영애
스마트폰으로 QR 코드를 스캔하면
시낭송을 감상할 수 있습니다

푸르게 살라 하네

세상 살아가는 일
무에 그리 바쁜 게요

가는 세월 붙잡고
세월 탓하지 마오

가슴으로 녹아들면
저리도 푸른 것을

오월은 나에게
푸르게 살라 하네

그대 살아가는 자리
오월만 같아라

이런저런 재미로
오월은 행복하구나!

못다 쓴 편지

그늘진 마음에
꽃 등이라도 켜야 하나

창밖은 저리도
맑은 바람 서성이는데

간밤에 못다 쓴
편지 한 통

적어도 적어도
풀리지 않는

베란다 창가에
간밤에 몰래 핀 꽃

그리운 얼굴인 양
가만히 쓰다듬어본다

가을 여행

혼자가 되고 싶을 땐
여행을 합니다

잘 다녀오라는
아내의 목소리가
자꾸만 길을 막습니다

목적지는 없습니다

그냥
걷고 있습니다

풍경 속 그리운 것들이
거기에 있습니다

내가
나목처럼 서 있고

아름다운 가을이
그림처럼 지나갑니다

단풍 물들면

꽃 피는가 했더니
단풍 듭니다

청춘도
사랑도
이별도

거기 그렇게
한자리에 모여서
있습니다

유영서 제3시집

2022년 7월 8일 초판 1쇄
2022년 7월 12일 발행
지 은 이 : 유영서
펴 낸 이 : 김락호
디자인 편집 : 이은희
기 획 : 시사랑음악사랑
연 락 처 : 1899-1341
홈페이지 주소 : www.poemmusic.net
E-Mail : poemarts@hanmail.net

정가 : 10,000원
ISBN : 979-11-6284-377-2

이 책은 한국예술인복지재단의 창작지원금 선정으로 발간한 책입니다.